Walter Moers'

SCHÖNSTE GESCHICHTEN

DER KARTOFFELKÖNIG

Eichborn-Verlag

Deutsche Bibliothek – CIP-Einheitsaufnahme

Moers, Walter:
Der Kartoffelkönig / Walter Moers. – Frankfurt am Main :
Eichborn, 1993
ISBN 3-8218-2977-X
NE: HST

Entnommen aus: Herzlichen Glückwunsch und
Schöne Geschichten

Druck und Bindung: Graphicom, Vicenza
ISBN 3-8218-2977-X
Verlagsverzeichnis schickt gern:
Eichborn Verlag, Kaiserstraße 66, D-6000 Frankfurt am Main

Der Kartoffelkönig
W. MOERS
In einer Zeit, als das Lügen noch geholfen hat, lebte ein Mädchen namens Doofmarie zusammen mit seiner für ihre 44 Jahre noch recht ansehnlichen Mutter. Und über alles in der Welt liebte die Doofmarie den Kartoffelbrei...
Doofmarie

Ja, besonders gerne puhlte Doofmarie mit dem Finger ganzganz viele Tunnel in die weiche Masse und liess dann heisse Butter in sie hineinlaufen. Hei, wie lustig sich dann die Butter ihren Weg durch das Kartoffel-labyrinth suchte und an den spassigsten Stellen wieder ins Freie blubbte...
Blub!

Das aber wollte der Mutter gar nicht gefallen. Und so sprach sie ...
Doofmarie, Doofmarie, mach nur so weiter, dann holt dich eines Tages der KartoffelKönig!

"Kartoffel König! Und die Kinder macht der Papst!", dachte Doofmarie und wartete, bis ihre Mutter ausser Sichtweite war...

Da erklang plötzlich eine Stimme...
Ess zwa Löffel vonnem Brei, zähl dann seschzeh, sibbe, drei, Scheiss af de Sittebolizei...

Das mit der Sittenpolizei hatte sie zwar nicht kapiert, aber den Reim konnte sie sich merken...
... Feffpfehn, fieben, brei...

Und hastunichgesehn...
Puff!!

Neugierig und doof gesellt sich gern...
Hal...hallo... Ist da jemand..?

So gelangte Doofmarie in eine grosse Höhle, da hingen ganz komische Bilder an der Wand...
Sonnenfreunde
Süsse Sechzehn
Blutjung
Teenager
Schulmäd

...und in einem Sessel aus purem Kartoffelbrei sass der Kartoffel König...
Ei, was hammer denn da für e lecker Mädsche? Ei, des ischa goldisch...

Sachama, bisch du des Klaa Luddä, des wo immä Buddä in mei Wohnung schütt...?

Abbä ma ischa Kei Unmensch! Pass uff: isch halt mer de Auge zu un zähl bis zehn! Solang Kanns gugge, daß Land gewinns! Aans, zwaa...

Das liess Doofmarie sich nicht zweimal sagen! Aber welcher von den vielen Tunneln führte wirklich ins Freie und war keine Sackgasse?
...sibbe... ...aacht...

Der hier jedenfalls nicht! Da bereute Doofmarie bitterlich, daß sie nicht auf ihre gute Mutter gehört hatte...
Scheisse. Scheisse.
Zehehn! Isch gomme!!

...die inzwischen ihr Töchter-
Lein suchte...
Doofmarie, isst du das nicht mehr? Doofmarie? Doofmarie!?

... doch horch! ...
Hilfe! Mami! Hil...

...hatte da nicht eben die Doofmarie gerufen ...?
Ach nein... das war sicher wieder nur der Wind...
Klapp!

Eine kleine Geschichte
Diese Geschichte spielt im Beppelmilieu. Senken Sie also bitte Ihren Blick auf den unteren Bildrand!

Beppel sind nämlich sehr klein, geradezu winzig. Sie sind **noch** kleiner als Zwerge – Sie müssen also schon **ganz** genau hinsehen!

Das ist ein typischer Beppel. Die Beppel versuchen ihren Kleinwuchs durch das Tragen von exzentrischen Hüten und dramatisches Gebaren zu überspielen. Eigentlich ist ihr ganzes Dasein eine einzige Lebenslüge.

Unsere Geschichte handelt von zwei alternden, drogensüchtigen Beppeln, die auf Entzug einen Waldspaziergang machen

Dabei treffen sie auf einen Impf.
Impfe sind noch Kleiner als Beppel.

Eigentlich wäre das Keine Affaire, aber die beiden machen ein fürchterliches Geschiss um die Sache.

Blöderweise kommt ausgerechnet in dem Moment ein Zwerg vorbei und latscht aus Versehen auf die Beppel (und den Impf).
Knirsch!

Es tut ihm auch gleich furchtbar leid. Aber da ist nichts mehr zu machen.
Oh... Entschuldigung..!

Sie Können den Blick jetzt wieder heben. Die Geschichte ist hier zuende.
W. MOERS

Tja... das war's im Groben...
Denken Sie mal drüber nach..!
W. MOERS

ISBN 3-8218-2996-6 DM 19,80